거물들의 춤

거물들의 춤

어니스트 헤밍웨이

황소연 옮김

The Big Dance on the Hill
Ernest Hemingway

차례

사실보다 더 진실한 이야기

If my Valentine you won't be …

If my Valentine you won't be,
I'll hang myself on your Christmas tree.

그대가 내 발렌타인이 아니라면…

그대가 내 발렌타인이 아니라면,
그대의 크리스마스트리에 목 매달아 버릴 테요.

(1956년 2월 14일, 쿠바, '핑카 비히아')

To Crazy Christian

There was a cat named Crazy Christian
Who never lived long enough to screw
He was gay hearted, young and handsome
And all the secrets of life he knew
He would always arrive on time for breakfast
Scamper on your feet and chase the ball
He was faster than any polo pony
He never worried a minute at all
His tail was a plume that scampered with him
He was black as night and as fast as light.
So the bad cats killed him in the fall.

미치괭이 크리스티안

미치괭이 크리스티안이라는 고양이가 있었네.
짝짓기할 만큼 명이 길진 못했는데
명랑한 마음씨에 젊고 아름다웠고
삶의 갖가지 비밀을 알고 있었지.
아침을 먹으러 제때제때 나타났고
우리 발등을 우다다 밟고 공을 쫓았어.
폴로 조랑말보다 더 빠르고
한순간도 근심을 몰랐다네.
녀석과 함께 종종거리던 그 털구름 꼬리.
밤처럼 까맣고 빛처럼 빨랐던 녀석.
그래서 가을에 나쁜 고양이들이 녀석을 죽였다네.

(1946년경 아바나에 위치한 자택 '쿠바, 핑카비히아')

Advice to a Son

Never trust a white man,
Never kill a jew,
Never sign a contract,
Never rent a pew.
Don't enlist in armies;
Nor marry many wives;
Never write for magazine;
Never scratch your hives.
Always put paper on the seat,
Don't believe in wars,
Keep yourself both clean and neat,
Never marry whores.
Never pay a blackmailer,
Never go to law,
Never trust a publisher,
Or you'll sleep on straw.
All your friends will leave you
All your friends will die
So lead a clean and wholesome life
And join them in the sky.

아들을 위한 조언

절대 백인 남자를 믿지 말고,
절대 유대인을 죽이지 말고,
절대 계약서에 서명하지 말고,
절대 전당포에서 돈 빌리지 말고.
입대하지 말고,
아내를 여럿 만들지 말고.
절대 잡지에 기고하지 말고,
절대 뾰루지 긁지 말고.
변기 위에는 꼭 종이를 깔고,
전쟁을 믿지 말고,
몸을 말끔하고 단정히 간수하고,
절대 매춘부와 결혼하지 말고.
절대 협박범에게 돈 주지 말고
절대 소송에 휘말리지 말고,
절대 출판사를 믿지 말고,
짚단 위에서 자고 싶지 않으면.
친구들은 모두 널 떠날 거고
모두 죽을 테니
깨끗하고 건전한 삶을 살다가
하늘에서 친구들과 만나렴.

(1931년, 베를린)

Poem, 1928

They say it's over

The need, now, is for order,

Not for substance

For piety

We must be full of grace, or on the way there,

Our works must lead to something,

Morally instructive, dull, but stemming from the classics

Which mostly dealt, if I remember,

With incest, rapes, and wars

And dirty stories

My Ovid, James, where is it got to —

But we

Who have killed other men,

Have fought in foreign wars,

Buried our friends,

Buried our father, when these did shoot themselves for

    Economic reasons —

시, 1928

끝났다고 한다.[●]
이제 필요한 건 질서이지
실체가 아니라고
경건함이라고.
우리는 품위로 충만해야 한다고, 그것을 지향해야 한다고.
교훈적이고 따분하지만 고전에서 비롯된 것들로
우리의 행위는 결실을 맺어야 한다고.
내 기억으론 고전이란 게 대부분
근친상간, 강간, 전쟁으로 점철된
더러운 이야기들인데 말이지.
나의 오비디우스,^{●●} 제임스, 어찌될 것 같은가 ─
그러나 우리는
다른 남자들을 죽였고
외국의 전장에서 싸웠고
우리의 친구들을 묻었고
우리의 아비들을 묻었다,
이 모든 일들을

● 헤밍웨이가 이 시를 쓸 당시 미국 평단의 시각은 변해 있었다. 인문주의적
평론가들은 경험에 기반한 글쓰기를 반대하며 새로운 이론을 만들어 가고
있었고, 특히 전쟁을 경험한 세대들이 그 경험을 토대로 쓴 글을 배격하였다.
●● 고대 로마 시인 오비디우스는 그리스·로마 신화를 집대성한 『변신
이야기』를 지었다.

An American gesture to replace bare bodkins with the Colt or
    Smith and Wesson
Who know our mothers for bitches,
We who have slept with women in different countries
And experienced great pleasures,
Have contracted diseases,
Been cured, married and born children
Who have seen revolutions, counter-revolutions and
Counter-counter-revolutions
Who have seen many systems of government
And many good men murdered
Who have been at Troy
In Flanders in Artois and in Picardy
During the fighting there,
(I speak literally,)

타산적인 이유로 ―
단검을 콜트나 스미스앤웨슨*으로 대체하려는 미국의
　　몸짓에 의해 속출할 때 말이지.
어미를 암캐로 아는 우리는
여러 나라에서 여자들과 동침했고
짜릿한 쾌락을 맛보았고
병에 걸렸고
병에서 낫고 결혼했고 자식을 낳았다.
혁명과 반혁명과 반반혁명을 목격했다.
여러 정부 체제를 보았고
선량한 사람들이 살해되는 걸 보았다.
트로이아**에 있었고
플랑드르에 아르투아에*** 피카르디■에 있었다.
거기서 전쟁이 벌어지는 동안
(말 그대로 진짜 전쟁)

---

* 미국의 총기 제품들.
** 호메로스의 『일리아스』에서 '트로이 전쟁'의 무대가 된 고대 도시로 현재
터키 아나톨리아 반도의 서쪽 히사를리크 언덕에 위치한다.
*** 플랑드르는 현재 북프랑스, 벨기에, 네델란드에 걸친 지역으로 이곳을
두고 영국과 프랑스가 벌인 경쟁은 백년전쟁으로 비화되었다. 아르투아는
프랑스 북부의 옛 지명으로 차례로 플랑드르 백작들과 부르고뉴 인들,
합스부르크 왕가의 지배를 받다가 30년전쟁 중 프랑스에 다시 정복되었다.
■ 프랑스 북부 지방으로 1차 세계대전의 격전지.

Who have seen an army defeated in Asia Minor

And cast into the sea

Who have lived in other countries as well as our own have

Spoken and understood the language of these countries

and have heard what was said by the people;

We have something that cannot be taken from us by an article

Nor abolished by a critical agreement of Professors

The searchers for order will find that there is a certain

discipline in the acceptance of experience.

They may, that is;

They rarely find out anything they cannot read in books or

articles

But if we last and are not destroyed

And we are durable because we have lasted. We do not destroy

Easily.

We'll write the books.

They will not read them

But their children may

If they have children

소아시아*에서 패배한 군대가
바다에 내던져지는 걸 목격했다.
고향에서처럼 이런 나라들에서 살면서
거기 언어를 말하고 이해하고 거기 사람들의 말을 들었다.
우리에겐 신문기사가 앗아 갈 수 없는 뭔가가
교수들의 통일된 비평으로도 제거할 수 없는 뭔가가 있다.
질서를 추구하는 자들은 알게 되겠지
경험을 수용하는 데는 훈련이 따른다는 것을.
어쩌면 그들은 말이야,
그들은 책이나 신문기사에서 읽지 않은 것들은 깨닫기 힘들
　　테지.
하지만 우리가 견뎌낸다면, 파멸하지 않는다면,
이제껏 견뎌왔으니 버텨낸다면.
우리는 쉽게 파멸하지 않아.
우리는 책을 쓸 것이다.
그들은 그걸 읽지 않겠지만
그들의 자식들은 어쩌면.
그들이 자식을 낳는다면 말이지.

(1929년, 베를린)

● 아시아 대륙의 서쪽 끝, 아나톨리아 반도. 페르시아와 로마, 비잔틴, 오스만
등 여러 제국의 땅이었으며 지금은 터키 영토의 대부분을 차지한다.

Valentine

For a Mr. Lee Wilson Dodd and Any of His Friends
who Want it.

Sing a song of critics

pockets full of lye

four and twenty critics

hope that you will die

hope that you will peter out

hope that you will fail

so they can be the first one

be the first to hail

any happy weakening or sign of quick decay.

(All are very much alike, weariness too great,

sordid small catastrophes, stack the cards on fate,

very vulgar people, annals of the callous,

dope fiends, soldiers, prostitutes,

men without a gallus*)

If you do not like them lads

one thing you can do

stick them up your asses lads

발렌타인 카드

리 윌슨 도드 씨와 그의 친구 아무개에게

평론가들의 노래 한 편 들려 드리지
주머니에 양잿물이 가득한
평론가들 스물넷이
바라고 있소 당신이 죽기를
바라고 있소 당신이 시들기를
바라고 있소 당신이 실패하기를
그래야 자기가 선두에 서서
가장 먼저 떠들 수 있거든요
만족스러운 쇠락을, 급격한 부패의 징조를.
(모든 게 거기서 거기요, 지나친 진 빼기든
야비하고 자질구레한 참사들이든, 운명을 조작하는 짓이든,
몹시 천박한 사람들이든, 냉담자 연대기*든,
약쟁이들이든, 병사들이든, 창녀들이든,
갤러스** 없는 사내들이든)
그들이 못마땅하거들랑
방법은 딱 한 가지요
지랄하지 말라고 해요

---

* 헤밍웨이의 단편집 『남자들만의 세계(Men Without Women)』에 대해
1927년 작가 리 윌슨 도드가 발표한 평론 「간략한 냉담자 연대기(Simple
Annals of the Callous)」.
** 괄호 안에 나열된 것들은 도드가 헤밍웨이의 책에 대해 평론할 때
거론한 것들이며, '갤러스'는 라틴어로 남자의 음경을 의미한다.

My Valentine to you.

*………….

내 발렌타인 카드는 당신에게 드리지요.

*…………

(1927년경, 파리)

The Sport of Kings

The friend who calls up over the telephone.

The horse that has been especially wired from Pimlico.

The letting in of the friends in the office.

The search for ready money.

The studying of the entries.

The mysterious absence from the office.

The time of suspense and waiting.

The feeling of excitement among the friends in the office.

The trip outside to buy a sporting extra.

The search for the results.

The sad return upstairs.

The hope that the paper may have made a mistake.

The feeling among the friends in the office that the paper is
    right.

The attitude of the friends in the office.

The feeling of remorse.

The lightened pay envelope.

왕들의 스포츠

친구한테 걸려 온 전화.
특별히 핌리코* 측에서 귀띔한 경주마.
사무실 친구들 끼워 주기.
수중의 현금 따져 보기.
출전마 연구하기.
사무실에서 홀연히 사라지기.
두근두근 기대하는 짜릿한 시간.
사무실 친구들에 둘러싸여 맛보는 흥분.
스포츠 신문 사러 외출하기.
결과 확인하기.
위층으로 우울한 귀환.
신문기사가 잘못됐을 거라는 희망.
신문기사가 맞다는 걸 친구들에 둘러싸여 확인하는 기분.
사무실 친구들의 태도.
후회하는 마음.
가벼워진 월급봉투.

(1923년경)

• 볼티모어에 위치한 경마장으로 미국 경마 트리플 크라운 대회가 열린다.

The Big Dance on the Hill

The arrival.

The vast crowd on the floor.

The encounter with the boss.

The man to man smile from the boss.

The feeling of elation.

The door keeper from the office who is serving out.

The whisper from the door keeper.

The long journey down the hall.

The closed door.

The clink of glasses.

The opening of the door.

The imposing array of glassware.

The sight of the host.

The look on the host's face.

The sight of the boss with the host.

The look on the boss' face.

The sight of several other distinguished looking men.

The look on the distinguished looking men's faces.

The atmosphere of disapproval.

The request from the attendant.

The giving of the order.

The silent consumption of the order.

거물들의 춤

도착.

플로어에 북적이는 사람들.

상사와 마주침.

상사에게서 날아오는 남자 대 남자의 미소.

우쭐한 기분.

문지기 역할을 하는 사무실 직원.

문지기의 귓속말.

복도를 따라 떠나는 먼 여행.

닫힌 문.

쟁그랑거리는 유리잔 소리.

문을 열어 봄.

휘황찬란한 유리그릇들의 향연.

집주인 포착.

집주인의 표정.

집주인과 함께 있는 대장 포착

집주인과 함께 있는 대장의 표정

유명 인사인 듯한 몇몇 남자들 포착.

유명 인사인 듯한 몇몇 남자들의 표정.

못마땅한 기색.

안내원의 요구.

명령을 받음.

침묵으로 명령을 외면.

The silence kept by the host, the boss and the distinguished
    looking men.

The uncomfortable feeling.

The increase of the uncomfortable feeling.

The retreat.

The journey down the long hallway.

The chuckles from the door keeper.

The statement by the door keeper that he had been instructed
    to admit only the family and old friends.

The renewed chuckles by the door keeper.

The desire to kill the door keeper.

The sad return to the dance floor.

침묵하는 집주인과 상사, 유명 인사인 듯한 남자들.

불편한 분위기.

불편한 분위기의 고조.

후퇴.

복도를 따라 돌아가는 긴 여행.

문지기의 킬킬대는 웃음소리.

가족과 오랜 친구들만 허락된다는 문지기의 전언.

반복되는 문지기의 킬킬대는 웃음소리.

문지기를 죽이고픈 충동.

댄스 플로어를 향한 서글픈 귀환.

(1923년경)

I Like Canadians

By A Foreigner

I like Canadians.

They are so unlike Americans.

They go home at night.

Their cigarets don't smell bad.

Their hats fit.

They really believe that they won the war.

They don't believe in Literature.

They think Art has been exaggerated.

But they are wonderful on ice skates.

A few of them are very rich.

But when they are rich they buy more horses

Than motor cars.

Chicago calls Toronto a puritan town.

But both boxing and horse-racing are illegal

In Chicago.

Nobody works on Sunday.

Nobody.

That doesn't make me mad.

There is only one Woodbine.

But werc you ever at Blue Bonnets?

나는 캐나다인이 좋다
한 외국인의 시

나는 캐나다인이 좋다.
그들은 미국인과 사뭇 다르다.
그들은 밤중에 집에 간다.
그들의 담배에선 고약한 냄새가 나지 않는다.
모자가 어울린다.
그들은 전쟁에서 이겼다고 진심으로 믿는다.
문학은 믿지 않으면서.
그들은 예술이 과장됐다고 생각한다.
그들은 스케이트를 잘 탄다.
몇몇은 엄청나게 부유하다.
그런데 일단 부자가 되면
자동차보단 말을 더 산다.
시카고는 토론토를 청교도의 도시라고 부른다.
하지만 시카고에서는
권투도 경마도 불법이다.
일요일에는 아무도 일하지 않는다.
아무도.
그게 못마땅한 건 아니다.
우드바인*은 딱 하나.
그런데 블루 보닛**은 가보셨나들?

---

* 토론토의 경마장
** 몬트리올의 경마장

If you kill somebody with a motor car in Ontario

You are liable to go to jail.

So it isn't done.

There have been over 500 people killed by motor cars

In Chicago

So far this year.

It is hard to get rich in Canada.

But it is easy to make money.

There are too many tea rooms.

But, then, there are no cabarets.

If you tip a waiter a quarter

He says "Thank you."

Instead of calling the bouncer.

They let women stand up in the street cars.

Even if they are good-lookng.

They are all in a hurry to get home to supper

And their radio sets.

They are a fine people.

I like them.

온타리오에서 차로 사람을 치어 죽이면
마땅히 감옥에 가야 한다.
그래서 그것은 무례한 짓이다.
자동차에 치어 죽은 사람이 500명이 넘는다
시카고에서
올해만.
캐나다에서는 부자가 되기 어렵다.
하지만 돈을 벌기는 쉽다.
찻집이 너무 많다.
즉 카바레는 없다는 얘기.
웨이터에게 팁으로 25센트 동전을 주면
웨이터는 "고맙다."고 말한다
문지기를 부르는 대신에.
그들은 전차 안에서 여자들을 서 있게 한다.
예쁜 여자들까지도.
모두들 바삐 집으로 간다
저녁을 먹고 라디오를 들으러.
그들은 괜찮은 사람들이다.
나는 그들이 좋다.

(1923년경)

I Like Americans

By A Foreigner

I like Americans.

They are so unlike Canadians.

They do not take their policemen seriously.

They come to Montreal to drink.

Not to criticize.

They claim they won the war.

But they know at heart that they didn't.

They have such respect for Englishmen.

They like to live abroad.

They do not brag about how they take baths.

But they take them.

Their teeth are so good.

And they wear B. V. D.'s all the year round.

I wish they didn't brag about it.

They have the second best navy in the world.

But they never mention it.

They would like to have Henry Ford for president.

But they will not elect him.

They saw through Bill Bryan.

나는 미국인이 좋다
한 외국인의 시

나는 미국인이 좋다.
그들은 캐나다인과 사뭇 다르다.
자기네 경찰을 만만히 본다.
몬트리올엔 술을 마시러 온다.
비판하려는 게 아니라.
그들은 전쟁에서 이겼다고 주장한다.
속으론 아니라는 걸 알면서.
그들은 영국인을 존경한다.
외국에서 살고 싶어 한다.
목욕하는 방법을 이러니저러니 떠들지 않는다.
그냥 한다.
치아가 아주 튼튼하다.
그리고 일 년 내내 B. V. D.* 속옷을 입는다.
그들이 그건 떠벌리지 않기를.
그들의 해군은 세계에서 두 번째로 강하다.
그러면서도 절대 그렇다고 말하지 않는다.
그들은 헨리 포드가 대통령이 되기를 바란다.
정작 그를 뽑지는 않을 거면서.
그들은 빌 브라이언**의 본질을 꿰뚫어본다.

---

* 남성 속옷 브랜드.
** 윌리엄 브라이언(1860-1925), 세 번이나 민주당 대통령 후보로 나섰던 20세기 미국 정치인. 금주법을 지지하고 진화론을 불신했으며 설득력 있는

They have gotten tired of Billy Sunday.

Their men have such funny hair cuts.

They are hard to suck in on Europe.

They have been there once.

They produced Barney Google, Mutt and Jeff.

And Jiggs.

They do not hang lady murderers.

They put them in vaudeville.

They read the *Saturday Evening Post*

And believe in Santa Claus.

When they make money

They make a lot of money.

They are fine people.

그들은 빌리 선데이[*]에 실증이 났다.

남자들은 머리를 참 웃기게 자른다.

그들의 허튼짓은 유럽에서 잘 안 통한다.

그들은 거기 한 번 갔었다.

그들은 바니 구글, 머트, 제프^{**}를 만들어 냈다.

직스^{***}도.

그들은 여자 살인범은 교수형 시키지 않는다.

대신 보드빌[■]에 보낸다.

그들은 《새터데이 이브닝포스트》^{■■}를 읽는다.

그리고 산타클로스를 믿는다.

그들은 일단 돈을 벌면

떼돈을 번다.

그들은 괜찮은 사람들이다.

(1923년경)

연설로 유명했다.

* 윌리엄 빌리 선데이(1862-1935)는 야구선수 출신 복음전도사로서 많은 신도를 모았고 금주법을 통과시키는 데 앞장서면서 20세기 초반 미국에 큰 영향력을 행사하였으나 나이가 들면서 점차 인기를 상실했다.

** 구글은 1919년부터 지금까지 인기를 누리고 있는 신문 연재 만화 「바니 구글과 스너피 스미스」, 머트와 제프는 「머트와 제프」의 주인공들이다.

*** 복권에 당첨되어 부자가 된 아일랜드 이민자 가정의 이야기를 다룬 만화 "Bring Up Father"의 아버지 캐릭터.

■ 20세기 초 인기를 끌었던 대중 오락 공연으로 클래식 연주, 노래와 춤, 코미디극, 곡예와 마술, 시낭송 등 별개의 공연이 연속으로 진행되었다.

■■ 미국의 풍자 만화 잡지. 1971년부터는 계간과 격월로 발간되고 있다.

The Age Demanded

The age demanded that we sing
and cut away our tongue.
The age demanded that we flow
and hammered in the bung.
The age demanded that we dance
and jammed us into iron pants.
And in the end the age was handed
the sort of shit that it demanded.

시대는 요구했다

시대는 우리에게 노래하라고 요구하고는
우리의 혀를 잘라 버렸다.
시대는 우리에게 거침없으라고 요구하고는
거짓말을 늘어놓았다.
시대는 우리에게 춤추라고 요구하고는
우리를 강철 바지에 욱여 넣었다.
그렇게 시대는 기어이 뜻대로
요구한 개짓거리를 손에 넣었다.

(1922년경, 파리)

Along With Youth

A porcupine skin,

Stiff with bad tanning,

It must have ended somewhere.

Stuffed horned owl

Pompous

Yellow eyed;

Chuck-wills-widow on a biased twig

Sooted with dust.

Piles of old magazines,

Drawers of boys' letters

And the line of love

They must have ended somewhere.

Yesterday's *Tribune* is gone

Along with youth

And the canoe that went to pieces on the beach

The year of the big storm

When the hotel burned down

At Seney, Michigan.

청춘을 따라

호저 가죽은
햇볕에 뻣뻣해져
어딘가에서 최후를 맞이했겠지.
박제된 수리부엉이의
우쭐한
노란 눈과
비뚜름한 나뭇가지 위의 쏙독새도
먼지에 거뭇해졌다.
해묵은 잡지 뭉치와
청년의 편지들이 담긴 서랍들,
사랑의 구절들도
어딘가에서 최후를 맞이했겠지.
어제의 트리뷴*은 갔다
청춘을 따라
해변에서 산산조각난 카누를 따라
큰 폭풍우가 몰아친 해에
미시간 주 세니의
그 호텔**은 불타 버렸다.

(1922년, 파리)

---

* 일간지《시카고트리뷴》
** 맨션 하우스(The Mansion House)라는 이름의 호텔을 말한다.

Montparnasse

There are never any suicides in the quarter among people
    one knows
No successful suicides.
A Chinese boy kills himself and is dead.
(they continue to place his mail in the letter rack
    at the Dome)
A Norwegian boy kills himself and is dead.
(No one knows where the other Norwegian boy has gone)
They find a model dead
alone in bed and very dead.
(it made almost unbearable trouble for the concierge)
Sweet oil, the white of eggs, mustard and water, soap suds
and stomach pumps rescue the people one knows.
Every afternoon the people one knows can be found at
    the café.

몽파르나스*

그 동네 유명인들 중엔 자살자가 없다.

자살에 성공한 사례가 없다.

한 중국인 청년은 스스로 목숨을 끊어 죽었다.

(그들은 그의 편지를 계속 돔**의 우편물 선반에 놓아
　　둔다.)

한 노르웨이 청년은 스스로 목숨을 끊어 죽었다.

(또다른 노르웨이 청년은 어디로 갔는지 아무도 모른다.)

한 모델은 시체로 발견됐다

홀로 침대에서 숨이 완전히 끊어진 채로.

(관리인에겐 참기 어려운 고역을 안기며)

석유, 달걀 흰자, 겨자와 물, 비눗물,

그리고 위 세척기가 유명인들의 목숨을 살린다.

매일 오후 그 카페에 가면 유명인들을 볼 수 있다.

(1922년, 파리)

---

* 파리 센 강 왼쪽에 위치한 예술의 중심지로 19세기 예술가들의 아지트였던
몽마르트에 이어 20세기 초반부터 2차 세계대전까지 작가, 정치가, 예술가,
보헤미안 들이 거주했는데, 카페에서 예술에 관한 활발한 토론과 강연이 자주
이루어졌다.
** Le Dome Café, 몽파르나스에 위치한 카페로 20세기 초반부터
지성인들의 모임 장소로 유명했다.

To Good Guys Dead

They sucked us in;
King and country,
Christ Almighty
And the rest.
Patriotism,
Democracy,
Honor —
Words and phrases,
They either bitched or killed us.

죽어 간 선량한 사람들에게

그들이 우리를 몰아간 거요,
왕과 나라
전능한 예수
등등으로.
애국심,
민주주의,
명예 ―
말과 문구,
그것들이 우리를 욕하거나 죽인 거라고.

(1922년경, 파리)

Riparto d'Assalto

Drummed their boots on the camion floor,
Hob-nailed boots on the camion floor.
Sergeants stiff,
Corporals sore.
Lieutenants thought of a Mestre whore —
Warm and soft and sleepy whore,
Cozy, warm and lovely whore:
Damned cold, bitter, rotten ride,
Winding road up the Grappa side.
Arditi on benches stiff and cold,
Pride of their country stiff and cold,
Bristly faces, dirty hides —
Infantry marches, Arditi rides.
Grey, cold, bitter, sullen ride —
To splintered pines on the Grappa side
At Asalone, where the truck-load died.

리파르토 다살토*

두두두 트럭 바닥을 두드리는 군홧발
트럭 바닥을 두드리는 징 박힌 군홧발
병장은 뻣뻣했고
상병은 아팠고
중위는 메스트레** 창녀를 생각했다 —
따뜻하고 보드랍고 나른한 창녀
아늑하고 따뜻하고 사랑스러운 창녀
현실은 지랄 맞게 춥고 혹독한 트럭 이동
구불구불한 길을 따라 그라파 산기슭을 올랐다.
장의자에 앉은 뻣뻣하고 추운 아르디티***
뻣뻣하고 추운 조국의 자존심
텁수룩한 얼굴들, 지저분한 살가죽 —
보병은 행군하고, 아르디티는 트럭으로
춥고 혹독하고 침울한 잿빛 트럭 이동 —
그라파 산기슭의 쪼개진 소나무 숲을 향해
트럭 부대가 몰살 당한 아살론■ 산으로

(1922년, 파리)

---

* 리파르토 다살토(Riparto d'Assalto), 돌격대를 뜻하는 이탈리아어.
** 메스트레(Mestre), 베니스 인근의 항구.
*** 이탈리아 군의 돌격대 이름.
■ 1917~1918년 격전이 벌어졌던 그라파 인근의 산.

47

Shock Troops

Men went happily to death
But they were not the men
Who marched
For years
Up to the line.
These rode a few times
And were gone
Leaving a heritage of obscene song.

돌격대

사내들은 기꺼이 죽어 갔지만
그들은 오랫동안
전선을 향해
행군한
사내들은 아니었다.
이들은 몇 번 차를 타다가
음란한 노래를 유산으로 남기고
떠나갔다.

(1922년경, 파리)

"Blood is thicker than water…"

"Blood is thicker than water,"
The young man said
As he knifed his friend
For a drooling old bitch
And a house full of lies.

"피는 물보다 진하다."

"피는 물보다 진하다."고
그 청년은 말했다.
호들갑 떠는 늙은 년과
거짓으로 가득한 어느 집을 위해
친구를 칼로 찌르면서

(1922년, 파리)

Ultimately

He tried to spit out the truth;
Dry mouthed at first,
He drooled and slobbered in the end;
Truth dribbling his chin.

결국엔

그는 진실을 토해 내려 애썼다.
처음엔 입안이 바싹바싹 마르다가
결국엔 침이 줄줄 흘러내렸다.
진실이 그의 턱을 타고 줄줄 흘러내렸다.

(1921년경)

Bird of Night

Cover my eyes with your pinions
Dark bird of night
Spread your black wings like a turkey strutting
Drag your strong wings like a cock grouse drumming
Scratch the smooth flesh of my belly
With scaly claws
Dip with your beak to my lips
But cover my eyes with your pinions.

밤의 새

그대의 깃털로 내 눈을 덮어 주오
밤의 검은 새여
그대의 검은 날개를 펼쳐 주오 의기양양한 칠면조처럼,
그대의 강한 날개를 끌어 주오 활개 치는 수펑처럼,
매끄러운 내 뱃살을 긁어 주오
비늘 덮인 발톱으로
그대의 부리를 내 입술에 맞춰 주오
그대의 깃털로는 내 눈을 덮어 주오

(1921년, 시카고)

Chapter Heading

For we have thought the longer thoughts
   And gone the shorter way.
And we have danced to devils' tunes,
   Shivering home to pray;
To serve one master in the night,
   Another in the day.

장(章) 제목

왜냐하면 그간 우리가 생각은 더 길게 하고
  길은 더 짧은 데로 갔기 때문이라네.
악마의 노래에 맞춰 춤추다가
  벌벌 떨며 기도하러 집으로 향했지 않나.
밤엔 이 주인을 섬기고
  낮엔 저 주인을 섬기며.

(1921년, 시카고)

Night comes with soft and drowsy plumes…

Night comes with soft and drowsy plumes
To darken out the day
To stroke away the flinty glint
Softening out the clay
Before the final hardness comes
Demanding that we stay.

밤은 보드랍고 나른한 깃털처럼…

밤은 보드랍고 나른한 깃털을 데리고 오지
낮을 어둠으로 물들이고
서늘한 깜부기불을 탁탁 때리고
흙을 살살 녹여 가면서.
하지만 우리더러 꼼짝말라 요구하며
최후의 일격을 가한다네.

(1920-1921년, 시카고)

Flat Roofs

It is cool at night on the roofs of the city

The city sweats

Dripping and stark.

Maggots of life

Crawl in the hot loneliness of the city.

Love curdles in the city

Love sours in the hot whispering from the pavements.

Love grows old

Old with the oldness of sidewalks.

It is cool at night on the roofs of the city.

평평한 지붕들

도시의 지붕 위 밤은 시원도 하다.
도시는 무심히
뚝뚝 땀을 흘리고
인생의 구더기들은
도시의 뜨거운 외로움 속을 기어간다.
사랑은 도시 안에서 외따로 떨어지고
사랑은 포장도로의 뜨거운 속삭임 속에서 상해 간다.
사랑은 늙어 간다
노쇠한 보도를 따라 늙어 간다.
도시의 지붕 위 밤은 시원도 하다.

(1921년, 시카고)

Champs d'Honneur

Soldiers never do die well;
  Crosses mark the places,
Wooden crosses where they fell;
  Stuck above their faces.
Soldiers pitch and cough and twitch;
  All the world roars red and black,
Soldiers smother in a ditch;
  Choking through the whole attack.

전장

곱게 죽는 병사가 있을 리 없지.
  십자가가 죽은 데를 표시할 뿐.
나무 십자가가 있는 곳이 그들이 쓰러진 곳
  그들의 얼굴 위에 꽂혀 있구나.
고꾸라지고 기침하고 경련하는 병사들.
  온세상은 적과 흑으로 포효하고
병사들은 구덩이에서 숨이 막혀
  전투 내내 컥컥거린다.

(1920-1921년, 시카고)

To Will Davies

There were two men to be hanged

To be hanged by the neck until dead

A judge had said so

A judge with a black cap.

One of them had to be held up

Standing on the drop in the high corridor of the county jail.

He drooled from his mouth and slobber ran down his chin

And he fell all over the priest who was talking fast into

  his ear

In a language he didn't understand.

I was glad when they pulled the black bag over his face.

The other was a nigger

Standing straight and dignified like the doorman at the

  Blackstone

"No sah — Ah aint got nuthin to say."

It gave me a bad moment,

I felt sick at my stomach

I was afraid they were hanging Bert Williams.

윌 데이비스*에게

목매달아 죽일 남자가 둘 있었어요.
죽을 때까지 목을 매달라고
판사가 명령했지요.
검은 모자를 쓴 판사.
한 명은 주정부 감옥 내
높은 복도의 교수대에 세워야 했습니다.
그의 입에서 턱 아래로 침이 줄줄 흘러내렸고
그가 쓰러져 신부를 덮쳤을 때 신부는 그의 귀에 대고
　　속사포로 지껄이고 있었어요
그가 알아듣지도 못하는 언어로.
그들이 그의 얼굴에 검은 자루를 씌웠을 때 나는
　　안도했습니다.
다른 하나는 검둥이였는데
그는 블랙스톤 호텔의 문지기처럼 꼿꼿하고도 엄숙하게 서
　　있더군요.
"할 말 없소…… 아무 할 말 없어."
나에겐 힘든 시간이었습니다
속이 울렁거리고
그들이 버트 윌리엄스**를 매단 것처럼 나는 두려웠습니다.

(1920년경)

---

* 웨일스 태생의 시인으로 영국과 미국을 방랑한 경험을 토대로 시를 썼다.
** 보더빌 시대를 풍미한 흑인 코미디언이자 작가.

In a Magazine

In a magazine
I saw a picture of a trench club,
Studded with iron knobs
And a steel spike on the end.
I thought:
My Gawd, but that would balance great;
And I itched to swing it
And feel it crunch on the head of some Hun —
Preferably unarmed —
And another,
And another, and another.
Gawd, wouldn't it be great?
— To smash the skull,
And the blood spurt out like killing beeves at the
    Stock Yards?
If they cried "Kamerad,"
Swing!
The same afternoon I saw
A tall blond, a fresh faced Swede,

어느 잡지에서

어느 잡지에서
참호 곤봉*의 사진을 본 적이 있었다.
징들이 점점이 박힌 데다
끄트머리에 강철못이 하나 달린 것이었는데
이런 생각이 들었다.
어이구야, 그래도 든든하겠는걸.
그걸 휘두르고 싶어 몸이 근질거렸다.
그걸로 독일군 머리통을 부수는 느낌을 맛보고 싶었다 ─
무장 안 한 놈이면 더 좋겠지 ─
한 놈 더,
한 놈 더, 한 놈 더.
와우, 짜릿하겠지?
─ 머리통 부수면?
도살장에서 소 잡을 때처럼 피가
뿜어져 나오겠지?
놈들이 '항복'을 외쳐도
갈기는 거지!
그날 오후에 나는
키가 크고 얼굴이 앳된 금발의 스웨덴 청년을 보았다.

---

* 1차 세계대전 당시 독일군과 연합군 양측에서 참호전에서 썼던 곤봉으로
주로 나무로 만들어졌고 징이나 쇠못을 박았다.

Drunk, he resisted three policemen

Trying to drag him out of a motor.

A big "bull" swung his club against the boy's head,

The crack sounded like a two bagger;

Not the sullen "whunk" of a blackjack,

But a crack.

Then they all clubbed him and he fell,

They dragged him up a stairway,

His bloody face bumping, bumping, bumping,

On the stairs.

Jesus Christ! Is this the I who wanted

To use

A trench club?

술에 취한 그는 경찰관 셋에게 저항했고
경찰들은 그를 오토바이에서 끌어내리려고 했다.
거구의 '덩치'가 곤봉을 청년의 머리에 휘두르자
2루타 소리와 비슷한 따악 소리가 났다.
블랙잭*에 맞을 때 나는 '픽' 소리가 아니라
따악 하는 소리.
셋이 동시에 곤봉을 그에게 휘둘렀고 그는 쓰러졌다.
그들은 그를 끌고 계단을 올랐는데
피 칠갑을 한 그의 얼굴이 쿵, 쿵, 쿵,
계단에 부딪쳤다.
하느님 맙소사! 참호 곤봉을
쓰겠다니
내가 제정신인가?

(1920년경)

● 가죽으로 만든 짧은 곤봉.

A Modern Version of Polonius' Advice

Give thy tongue no tho'ts,

Nor ever think before you speak,

Lest folks suspecium that thou art a highbrow.

Those friends thou has that keep their purse strings tied,

Beware and shun them most decidedly.

………………

현대 폴로니어스*의 조언

생각한 걸 입 밖에 내지 마시게,**
생각한 뒤에 말하지도 말고.
자칫 먹물로 취급되기 십상이니.
친구들 중에 지갑을 늘상 닫아 두는 놈들,
그런 놈들은 경계하고 딱 끊어 버려.
....

(1920년경)

---

* 셰익스피어의 희곡 「햄릿」에 등장하는 인물로 왕의 자문이며 햄릿의 연인
오필리아의 아버지.
** 「햄릿」 1막 3장에서 폴로니어스가 집을 떠나는 아들 레어티즈에게 하는
조언.

There was Ike and Tony and Jaque and me …

There was Ike and Tony and Jaque and me
   Roarin thru Schio town
Three days leave and a'feelin free
Well puffed up but we still could see
   We were lookin 'em up and down.
     Especially up and down.

For a face don't matter on three days leave
To Ike or Tony or Jaque or me.
You can look at a face, an a face is free
   But an ankle's somethin' to make you grieve
     For an ankle's an indication.

Cognac's good if it ain't Martel,
And an ankle has secrets it doesn't tell.
   Sometimes it keeps them, but buy and sell.
Three days more we'll be back in hell
   So we don't give a damn if she ain't Martel.
  ………………

아이크와 토니와 자크와 내가 있었다······

아이크와 토니와 자크와 내가 있었다.
  포효하며 스키오* 마을을 휘저었지
사흘 간의 휴가, 홀가분한 마음으로.
한껏 들뜬 와중에도 우린 볼 수 있었어
  우린 그것들이 오르락내리락하는 걸 보고 있었어.
  특히 오르락내리락하는 걸.

사흘 간의 휴가에 얼굴은 중요치 않아
아이크나 토니나 자크나 내게는.
얼굴은 처다볼 수 있는 거잖아, 얼굴이야 공짜니까.
  하지만 발목은 어쩐지 애잔해
  발목은 상징이니까.

코냑은 훌륭해, 마르텔**은 아니지만.
그리고 발목은 가늠 못할 비밀들을 간직하고 있는데
  때론 간직하기도 하지만 사고팔기도 해.
사흘 뒤 우리는 지옥으로 귀환한다.
  그러니 코냑이 마르텔이든 아니든 상관없어.
················

(1920년경)

---

* 헤밍웨이가 머물렀던 이탈리아 밀라노 북서부 마을.
** 1715년부터 생산된 프랑스의 가장 오래된 코냑 브랜드.

The ship Translated Being La Paquebot

In the morning did the passengers
   Seek to bolt the massive foodstuffs
Came the duke
   He of Argyle
Downed the cornbeef
      Downed the salad
   Came unto the great roast porker
      Got it in his mouth and half way
   Down his gullet got it got it,
Then it rose
         He would of strangled
   But he rushed forth from the salon
   Moved by motives philanthropic
         Sought to furnish food for fishes,
      Here we draw the curtain readers
Here we draw the baleful curtain.
         We will tell not of his pukings
   Of his retchings and his gobbings
         Nay we will not gentle reader.
   WE WILL TELL NOT OF THE BUNTIN
Shooting forth the pale green mixture
         Like the clam juice flecked with syrup.

'그 배'를 번역하면 '라 파크보'

그날 아침 승객들은
닥치는대로 먹어댔지요.
공작께서 등장했어요.
아가일 무늬 옷을 입고
콘비프를 꿀꺽
샐러드를 꿀꺽하시고
큼직한 돼지고기 구이를 덮쳐
입안에 반쯤 욱여넣고는
식도 아래로 꾸역꾸역 삼켰는데
그만 고기가 솟구친 거예요.
공작은 숨이 막혀 졸도할 지경인데도
응접실 밖으로 뛰쳐나갔죠.
박애 정신이 발동한 거지요.
물고기들에게 먹이를 주려고요.
여러분 이쯤에서 막을 내립시다.
사특한 막을 내리자고요.
공작의 구토에 관해선 함구합시다.
그분이 입을 벌리고 토한 얘기는 그만.
암요, 점잖으신 독자분들, 그만합시다.
고개를 쳐박고 웩웩거린 얘기는 그만
시럽이 점점이 박힌 조개 육수 같은
희멀건한 초록빛 곤죽을 쭉 뿜은 얘기는 그만.

Or of Fritz the noted Spielgel
      Bringing forth the whole oranges.
   Or of Captain Pease the easily heard
        What he puketh forth we tell not
      For we fear it hurteth discipline.
     So we leave you gentle reader
        We must seek a can
      Or washbowl

혹은 유명하신 프리츠 슈피겔이
오렌지를 몽땅 게워 낸 얘기도 그만.
혹은 사람들 입에 자주 오르내리는 피즈 대령이
무얼 내뿜었는지도 함구할랍니다.
기강이 흔들릴까 걱정되네요.
그러니 점잖으신 독자분들, 우린 이만 실례하죠.
깡통이나 대야를
찾아봐야 하거든요.

(1918년, 시카고호 안에서)

The Inexpressible

When the June bugs were a-circlin'
  Round the arc light on the corner
And a-makin' shooty shadows on the street;
  When you strolled along barefooted
Through a warm dark night of June
  Where the dew from off the cool grass bathed your feet ——

When you heard a banjo thunkin'
On the porch across the road,
And you smelled the scent of lilacs in the park
  There was something struggling in you
That you couldn't put in words ——
  You was really livin' poetry in the dark!

표현할 수 없는 것

유월의 벌레들이
  모퉁이 아크등을 맴돌고
그림자가 불쑥불쑥 길바닥에 어른거릴 때
  유월의 훈훈한 검은 밤을
이리저리 거닐 때
  그대의 맨발을 적시는 찬 유리창의 이슬 ─

길 건너 포치에서
밴조 소리가 들려오고
공원의 라일락 향기가 날아들 때
  그대의 마음에서 꿈틀대는
형언할 수 없는 무엇 ─
  그대야말로 어둠속의 살아있는 시!

(1917년, 오크 공원)

The Worker

Far down in the sweltering guts of the ship
   The stoker swings his scoop
Where the jerking hands of the steam gauge drive
And muscles and tendons and sinews rive;
While it's hotter than hell to a man alive,
   He toils in his sweltering coop.

He is baking and sweating his life away
   In that blasting roar of heat;
But he's fighting a battle with wind and tide,
All to the end that you may ride;
And through it all he is living beside;
   He can work and sleep and eat.

일꾼

선내 저 아래 후텁지근한 곳에서
　휘휘 삽질하는 화부(火夫).
증기 계기판 바늘이 홱홱 내달리고
근육, 힘줄, 그리고 인대가 찢어지는 곳.
살아 있는 인간에겐 지옥보다 더 뜨거운 시간.
　그는 후텁지근한 닭장 안에서 노동을 한다.

포효하고 작열하는 열기 속에서
　구워지고 땀 흘려야 굴러가는 삶.
그러나 그의 적수는 바람과 조류.
덕분에 그대는 끝까지 달릴 수 있고
그러는 내내 그도 옆에서 살아간다,
　일하고 잠자고 먹을 수 있다.

(1917년, 오크 공원)

Blank Verse

"   "
     !   :   ,   .   ,   ,   ,
.
     ,   ;   !   ,

공란의 시

"   ”

     !   :   ,   ·   ,   ,   ,

·

     ,   ;   !   ,

(1916년, 오크 공원)

헤밍웨이는 1차 세계대전 당시 이탈리아전선에 운전병으로
참전했는데, 1918년 다리에 중상을 입고 제대했다. 양차 세계대전과
1936년 스페인내전 등 20세기 역사의 현장에는 늘 헤밍웨이가
있었다.

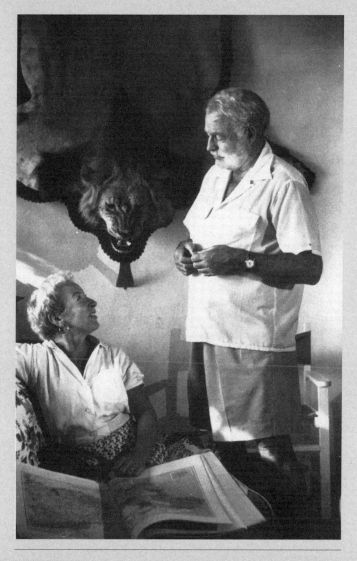

헤밍웨이는 『노인과 바다』의 무대이자 집필이 이뤄진 쿠바에서
1939년부터 1959년까지 거주했다. 헤밍웨이와 메리 부부는 아바나
남동쪽에 있는 저택 '핑카비히아(Finca Vigia)'에서 살았는데,
'전망대 목장'이라는 뜻이다.

"필요한 말은 빼지 않고, 불필요한 것은 넣지 않아야 한다."
헤밍웨이의 속도감 넘치는 문체는 미국 문단에서 매우
혁신적이었다. "자신이 무엇을 쓰고 있는지 충분히 알고 있는
작가라면, 자신이 알고 있는 것을 생략해도 된다."

사실보다 더 진실한

　20세기 가장 위대한 작가 중 하나로 꼽히는 어니스트 헤밍웨이는 어떻게 생존해야 하는가를 끊임없이 고민하고, 그것을 문학으로 구현하고자 노력한 현실주의자였다. 평생 몸으로 부딪혀 가며 진실을 찾아다녔기 때문에 그의 인생은 매력적이고 자극적인 것들로 넘쳐날 수밖에 없었다. 전쟁, 사냥, 투우, 낚시, 모험, 여자, 섹스, 술, 고양이, 죽음. 그에게 무엇보다 중요했던 것은, 진실하게 사는 것, 그리고 그렇게 쌓아 올린 진실의 토대 위에 진실한 문학을 건설하는 것이었다.

　따라서 헤밍웨이의 문학이 관념보다 체험에 철저히 근거하고 있는 것은 당연한 결과라고 하겠다. 이른바 그의 '빙산 이론'도 글쓴이가 충분히 인지하는 상태에서 글을 쓴다는 전제를 깔고 있다. 세상과 자연, 그 안에서 살아가는 인간을 알고자 하는 그의 탐구심은 삶을 이끄는 강력한 추동력이 되었다.

　헤밍웨이는 남자 중의 남자, '상남자'였다. 끌려가기보다는 선택하는 삶을 살았다. 자신의 죽음마저도. 그는 아버지는 사랑했지만 어머니는 싫어했다. 어머니의 부고를 받고도 돈만 부치고 장례식에 참석하지 않았을 만큼 평생 어머니를 기피했다. 남자에게는 인생에서 자존심이 가장 중요하다고 말하는데, 매사에 자신을 통제하려 들었던 어머니가 그에게는 자신의 남성성을 위협하는 억압으로 비쳤을 것이다.

혜밍웨이는 그다지 좋은 남편감은 아니었던 듯하다. 네 번 결혼해 아들 셋을 두었는데, 결혼생활 중에도 끊임없이 애인을 두었을 만큼 여성 편력이 심했다. 본인은 여러 번 결혼해 놓고 그의 시 「아들을 위한 조언」에서 아내를 여럿 만들지 말라고 하는 것을 보면, 대작가에게도 사랑은 역시나 어려운 것이었던 것 같다.

게다가 혜밍웨이는 아내의 간섭을 몹시 싫어했으며 여자로서 아내의 입장을 배려해 주지도 않았다. "가장 훌륭한 작품은 누군가를 사랑할 때 나온다."는 그의 말처럼, 혜밍웨이의 여자들은 뮤즈의 역할을 톡톡히 했다. 특히 혜밍웨이의 작품 속에서 바뀐 아내들은 당시 그가 품고 있었던 이상적인 여성상으로 재탄생하곤 했다. 남자를 알고 싶으면 혜밍웨이를 읽어야 한다.

또한 생략과 절제를 선호하는 그의 스타일은, 기자 시절부터 몸에 밴 글쓰기 습관이 일부분 작용했겠지만, 그가 말보다 행동을 선호하는 남자들의 본성에 충실했기 때문은 아니었을까. 형용사와 부사와 같은 수식어의 사용을 자제하고 보통명사와 서술동사로 간단히 표현된 문장을 좋아했다. 제한된 어휘들이 어우러져 탄생한 정제된 표현, 드러나지 않은 진실을 내포하는 암시성은 많은 평론가들이 그의 문체를 시 자체로 보는 이유이기도 하다.

혜밍웨이는 현실보다 더 현실 같은 글, 사실보다 더 진실한 문학을 추구했다. 그런 점에서 본인 스스로 직접 체험하는 인생에 가치를 두고 실천했다. 아름답든 추악하든 있는 그대로의 사실을 가치 있다고 보았고, 의연하게 있는 그대로를 받아들였다. 관념적인 숭고함보다는 눈에 보이는 현실에 발을 딛고자 했다. 그가 책상물림과 평론가 들을 혐오한 것도 같은 맥락에서 이해기 가능하다. (「발렌타인 카드」, 「시, 1928」에 잘 드러나 있다.) 헤밍웨이는 그의 저서 『전쟁하는 사람들(Men at War)』에서 작가의 본분은 진실을 말하는 것이라면서, 사실보다 더 진실한 이야기를 창작해야 한다고 말했다. 헤밍웨이가 그리고자 했던 것은 미화된 숭고함이 아닌 처절한 현실, 그리고 그런 세상에서 우리는 어떻게 살아가야 하느냐였다.

그렇기 때문에 헤밍웨이에게 전쟁은 매력적인 소재일 수밖에 없었다. 전쟁은 인간에게 가장 중요한 두 가지 진실, 즉 삶과 죽음이 교차하는 장이기 때문이다. 그래서인지 헤밍웨이는 평생 전쟁터를 쫓아다녔고 투우장을 즐겨 찾았다. 인간은 누구나 죽음 앞에 서면 두려움을 느낀다. 동시에 어느 때보다 살아 있음을 느낀다. 그리고 두려움을 느끼면 가식을 벗고 정직해질 수 있다.

헤밍웨이의 작품 중에서 해피엔딩이 드문 것은 아마도 현실이 그러하기 때문일 것이다.

세계시인선 14   거물들의 춤

1판 1쇄 찍음 2016년 5월 10일
1판 1쇄 펴냄 2016년 5월 19일

지은이   어니스트 헤밍웨이
옮긴이   황소연
발행인   박근섭, 박상준
펴낸곳   (주)민음사

출판등록   1966. 5. 19. (제16-490호)
주소   서울시 강남구 도산대로1길 62
            강남출판문화센터 5층 (06027)
대표전화 515-2000   팩시밀리 515-2007

www.minumsa.com

ⓒ 황소연, 2016. Printed in Seoul, Korea

ISBN 978-89-374-7514-6 (04800)
        978-89-374-7500-9 (세트)

세계시인선